ÉL HOMBRE SOLITARIO

PROLOGO:

LA HISTORIA ESTÁ BASADA EN LA VIDA REAL, ES ALGO ÚNICO, YA QUE EN EL LES DETALLARE COMO PUEDE UNA PERSONA SENTIRSE; CUANDO NADIE LO QUIERE CERCA. Y LO PEOR, BURLARSE DE ÉL... SOLO POR SER DIFERENTE A LOS DEMÁS.

IREMOS CONOCIENDO LA VIDA DE MANUEL. UNA PERSONA QUE A SUS 66 AÑOS AUN ES RECHAZADO POR LA SOCIEDAD, POR EL HECHO DE SER UN ANCIANO SUCIO, ARAPIENTÓ Y MUY POBRE.

YA QUE NUNCA TUVO UNA ESPOSA Y MUCHO MENOS HIJOS.

Y ESTE HUMILDE SERVIDOR LES CONTARA EL VIVIR DE CADA DÍA DE ÉL ANCIANO QUE NUNCA AMARON,

CAMBIARE LOS NOMBRES DE LAS PERSONAS INVOLUCRADAS MENOS LA DE MANUEL POR RESPETO...

LA VIDA A VECES NOS PONE EN SITUACIONES QUE NI SIQUIERA PEDIMOS, PERO NOS TOCA POR TODO DE UNO PARA SUPERARLO...

SEAMOS MÁS TOLERANTES CON TODOS, YA QUE CADA UNO TIENE UNA HISTORIA DIFERENTE PERO SON CASI PARECIDOS.

EVITEMOS LOS MALOS ENTENDIDOS Y SE UN POCO MÁS COMPRENSIBLE Y AGRADECE POR TODO LO QUE TIENES, YA QUE OTROS NO LO PUEDEN TENER.

PARRAFO: I

*CAMINANDO POR LAS CALLES DE MI CIUDAD.
TUVE LA DICHA DE TOPARME CON UN MENDIGO
MUY DE AVANZADA EDAD.*

*UNA AYUDITA POR FAVOR... DECÍA CON UNA VOZ
CASI APAGADA.*

*CASÍ TODOS LOS QUE TRANSITABAN POR AHÍ, LO
MIRABAN CON DESPRECIO.*

*ME DETUVE POR UN PERIODO Y VER LO QUE AHÍ
PASABA.*

*LA DUEÑA DEL ESTABLECIMIENTO. SALÍO CON
UNA CUBETA DE AGUA Y LE HECHO TODA EL
AGUA ENCIMA...*

ÉL ANCIANO SOLO ATINABA A MIRAR EL SUELO.

YA QUE DICHA MUJER, LE INSULTABA Y GRITABA.

DICIENDÓ: ¡¡¡LÁRGUESE DE AQUÍ....!!! ¡¡¡VÁYASE A OTRO SITIO A LIMOSNEAR...!!!

¡¡¡NO LO QUIERO VER AQUÍ ME OYÓ...!!!

¡¡¡COCHINO, ASQUEROSO...!!!

DICIENDO ESO SE METÍO A SU CASA.

MIENTRAS EL ANCIANO SE QUEDÓ CON LA CABEZA BAJA, TRISTE Y MOVIENDO LA CABEZA.

UN TRANSEÚNTE QUE PASO LE DIO UNAS GALLETAS, A LO QUE EL ANCIANO LE AGRADECÍA... CON UNA SONRISA TIERNA.

SEGUÍA OBSERVANDO, CUANDO DE PRONTO VOLVÍO A SALIR LA MUJER. VOLVIENDO SU MIRADA ASÍA EL ANCIANO FURIOSA.

REPLICÓ: ¡¡¡SIGUES AQUÍ...!!! ¡¡¡AUN NO TE VAS...!!! ¡¡¡LE DIJE QUE SE LARGARA...!!! ¡¡¡DAS MAL ASPECTO AL VECINDARIO...!!!

ÉL ANCIANO LO MIRO... TRISTE, COMENZÓ A LEVANTARSE COMO PUDO. Y A MUJER SEGUÍA INSULTÁNDOLO A SUS ANCHAS AL POBRE ANCIANO... ÉL, LE PEDÍA DISCULPAS POR CAUSARLE MOLESTIAS....

AL VER QUE SE ALEJABA, ME LEVANTE. ME FUI DE TRAS DE ÉL...

CAMINABA TAN LENTO QUE SE IBA CON LÁGRIMAS EN LOS OJOS...

COMPRÉ ALGUNAS COSAS Y CAMINE ASÍA EL, PARA SALUDARLO....

HOLA - LE DIJE

¿CÓMO ESTAS?, ¿YA COMIÓ?, ¿LE INVITO ALGO DE TOMAR...?

LE PREGUNTABA

ME MIRO Y CON UNA SONRISA EN SU SUCIO Y ARRUGADO ROSTRO DIJO – JOVEN NO SE PREOCUPE, ESTOY BIEN.

NO ES MUCHO, LO QUE PUEDO HACER, PERO SOLO QUIERO AYUDARLO INSISTÍ.

ANDE, DÉJEME AYUDARLO UN POCO. VENGA CONMIGO LE DIJE.

CAMINÁBAMOS JUNTOS UN PAR DE CUADRAS Y LE PREGUNTE

¿DÓNDE VIVÍA? NO TENGO CASA ME RESPONDIÓ.

DISCULPE QUE ME ENTROMETA EN SU VIDA PERO ME GUSTARÍA SABER, ¿USTED TIENE HIJOS, ESPOSA O FAMILIARES QUE LE PUEDAN BRINDAR APOYO? NO. CON SU SUTIL SANRISA

NO TENGO NADA YA QUE SOLO SOY YO.

EN NINGÚN RESTAURANT DE LA ZONA NOS QUERÍAN SERVIR UN PLATO DE COMIDA, YA QUE ATINABAN A DECIR – PARA LLEVAR TE PUEDO DAR Y NO PARA COMER AQUÍ.

¿POR QUÉ RAZÓN NO QUIEREN VENDERNOS COMIDA? PREGUNTE EN UNO DE ELLOS.

A USTED SI LE PUEDO SERVIR PARA COMER AQUÍ ME DIJO.

PERO AL OTRO, NO. YA QUE ATRAE A LAS MOSCAS Y DA MAL ASPECTO. DIJO LA CAMARERA.

SOLO PORQUE ESTA ASÍ DE SUCIO EL MAESTRO NO LE VAS A DAR UN PLATO DE COMIDA, LE DIJE

SONREÍ UN POCO, MOVIENDO LA CABEZA Y EL ANCIANO DECÍA DÉJALO YA ESTOY ACOSTUMBRADO A QUE ME TRATEN ASÍ...

SEGUIMOS CAMINANDO HASTA LLEGAR A UN PUENTE, Y DIJO YA LLEGAMOS DONDE VIVO.

MIRABA POR LOS ALREDEDORES Y NO VEÍA NADA MÁS QUE UN PUENTE.... DONDE VIVE PREGUNTE.

AHÍ DIJO SEÑALANDO EL PUENTE, AHÍ... WAU... NO ME ESPERABA ESO LE DIJE...

AHÍ ES MI HOGAR DIJO CON SU SONRISA...

LLEGAMOS AL LUGAR Y EL ANCIANO VIVÍA DE BAJO DEL PUENTE.

LE DIJE – YA VUELVO, VOY A COMPRAR COMIDA

VAYA NOMAS ME DIJO...

FUI A COMPRAR UNOS VÍVERES Y PRODUCTOS DE ASEO PERSONAL.

AL REGRESAR MIRABA ASÍA EL LUGAR Y NO VEÍA A NADIE, COMENSÉ A LLAMARLO... VARIAS VECES DICIENDO. ¡¡¡ABUELO...!!! ¡¡¡ EHH ABUELO...!!! ¡¡¡YA LLEGUE...!!! Y NADIE RESPONDÍA, VAYA, CREO QUE ME MINTIÓ ESE ANCIANO DIJE... DE PRONTO LO VÍ SALIR DE ENTRE LAS TREMENDAS ROCAS, QUE AVÍAN EN DICHO LUGAR.

A LO QUE ÉL ME DIJO – PENSÉ QUE NO IBAS A REGRESAR....

QUE FUE... ABUELO, SI LE DIJE QUE AHORA VOLVÍA MIRE LE TRAJE UNOS VÍVERES, JABÓN Y OTROS PRODUCTOS PARA QUE SE DÉ UN BAÑO...

GRACIAS POR SU AMABILIDAD.... ME DIJO

NO HAY PROBLEMA TOME UN BAÑO, YO LO ESPERO Y ASÍ VEMOS EN QUE OTRA COSA LE PUEDO AYUDAR...

YA, ME DIJO Y SE FUE A BAÑAR AL BORDE DEL RIO.

MIENTRAS ÉL SE BAÑABA, YO ME PONÍA A - PENSAR COMO ALGUIEN PUEDE VIVIR EN ESTAS

CONDICIONES – MIRANDO EL LUGAR LLENO DE ROCAS Y SUCIEDAD...

AL VOLVER DE BAÑARSE LE DIJE VEZ QUE AHORA SI PUEDE CONQUISTAR A CUALQUIER SEÑORA POR AHÍ...

NO YO NO ESTOY PARA ESAS COSAS, YA QUE NO SABRÍA CÓMO HABLARLE....

¿ERES TÍMIDO? PREGUNTE....

UN POQUITO - DIJO

A SU EDAD... LE DIJE RIENDO

SIEMPRE FUE ASÍ... LE DIJE

SI, ME RESPONDIÓ...

PARRAFO: II

CUÉNTEME COMO ES QUE TERMINO VIVIENDO EN ESTE LUGAR...

LE DIJE

COMENZÓ DICIENDO:

NADIE ME AVÍA TRATADO BIEN, DURANTE MUCHOS AÑOS....

TAMPOCO HE HABLADO CON NADIE DE MI VIDA.

NO SE PREOCUPE SI NO QUIERE, YO COMPRENDO LE DIJE.

NACÍ EN UNA FAMILIA DISFUNCIONAL... MI PADRE TRATABA MAL A MI MADRE DECÍA CON LÁGRIMAS EN LOS OJOS...

NO LLORE – LE DIJE

TOMESÉ UN POCO DE AGUA.

NACÍ EN EL AÑO 1954 ERA UN NIÑO TRIGUEÑO CON LOS OJITOS COLOR CAFÉS. QUIZÁS EN ESE TIEMPO NO SABÍA LO QUE PASABA A MI ALREDEDOR... ESO ME DECÍA MI MADRE...

VIVÍAMOS EN UN PUEBLO, POR CHICLAYO. NO RECUERDO EL NOMBRE, O TAL VEZ YA CAMBIO NO LO SÉ.

CUANDO TENÍA 5 AÑOS VI MORIR A MI MAMÁ CUANDO MI PADRE DE TANTOS GOLPES QUE LE DABA LE DEJABA MUCHOS MORETONES CASI EN TODO EL CUERPO... POR LAS NOCHES ESCUCHABA COMO MI MADRE LLORABA DE DOLOR....

Y ESO ME ENTRISTECÍA MUCHO... Y TAMBIÉN ME SENTÍA MUY SOLO YA QUE NO TENÍA JUGUETES, AMIGOS Y MIS PRIMOS SE ALEJABAN DE MI... PARABA SOLO EN CASA CON MAMÁ

ERA CASI IMPOSIBLE QUE MI MADRE OCULTARA ESOS GOLPES...

SIEMPRE USABA ROPAS GRANDE PARA OCULTARLO PERO PARECÍA MONJA.... YA QUE PARABA BIEN CUBIERTA DE PIES A CABEZA.

SON COSAS QUE NO QUISIERA RECORDAR, O NO HAVERLAS VIVIDO...

UN FIN DE SEMANA LE DIJE A MI MADRE, MAMÁ VOY AL MERCADO PARA JUNTAR FRUTAS PARA COMER...

A LO QUE MI MADRE ME DECÍA NO MI AMOR... TE VAS A PERDER...

ESA NOCHE VINO MI PADRE BORRACHO COMO SIEMPRE... A PEDIR COMIDA... Y NO TENÍAMOS NADA... EMPEZÓ A GOLPEAR A MI MADRE, LE REVENTÓ LOS LABIOS DE TANTOS GOLPES... YO NO PODÍA HACER NADA YA QUE SOLO TENÍA 5 AÑOS.

ESA MADRUGADA SALÍ DECIDIDO A CONSEGUIR COMIDA PARA MI MAMÁ...

LLEGANDO AL MERCADO EMPECÉ A JUNTAR FRUTAS QUE CAÍ HAN AL PISO, PLÁTANO Y OTROS, ESE DÍA JUNTE TANTOS QUE ME PUSE A VENDER, Y NADIE ME COMPRABA....

JAJAJAJA NOS REÍMOS UN RATO.... Y LE DIJE ENTONCES QUE HICISTE CON TODO LO QUE JUNTASTE...

ERA UNA BOLSA GRANDE Y NO PODÍA CARGAR SOLO, ASÍ QUE PASE POR DONDE ESTABAN VENDIENDO COMIDA Y LE PREGUNTE A LA SEÑORA DEL LUGAR, SI ME PUEDE CAMBIAR POR COMIDA, QUE TENGO HAMBRE... LA SEÑORA ME MIRO... DE PIES A CABEZA Y ME DIJO TÚ NO ERES PIRAÑA NO.

NO... SEÑORA LE DIJE...

QUE COSA TIENES ME DIJO... TENGO MUCHAS FRUTAS Y PLÁTANOS...

LA SEÑORA ME DIJO YA A VER TE VOY A CAMBIAR... LOS PLÁTANOS...

SAQUE DE LA BOLSA LOS PLÁTANOS Y LA SEÑORA ME PREGUNTABA DE DONDE VENÍA, YO LE RESPONDÍA DE MI CASA YA QUE NO CONOCÍA EL NOMBRE DE LA CALLE...

Y TU MAMÁ DONDE ESTA ME PREGUNTO...

ESTA EN CASA LE DIJE

SI TIENES MÁS PLÁTANOS VIENES Y YO TE DARÉ COMIDA, A CAMBIO... ME DIJO.

YA SEÑORA, GRACIAS. LE DIJE

Y ME FUI CON UNA BOLSA DE COMIDA... Y MIS FRUTAS. LOS PUSE EN OTRAS BOLSAS...

CAMINO A CASA VENDÍ UNOS CUANTOS Y REGRESE A MI HOGAR,

ENCONTRÉ A MAMÁ LLORANDO CON LA CARA DESFIGURADA,

MAMITA, QUE TIENES LE DIJE... NO ME QUERÍA... DECIR NADA,

YA QUE ME PEGO. PORQUE ME AVÍA SALIDO SIN SU PERMISO...

AL RATO LE DIJE MAMI, AQUÍ HAY COMIDA, A LO QUE ELLA ME DIJO, QUIEN TE DIO ESO...

ME FUI AL MERCADO DE MADRUGADA... A RECOLECTAR FRUTAS...

ESTO ES LO QUE TRAJE.... MAMÁ LLORO ABRAZÁNDOME.... DICIENDO.... HIJITO NO MERECES PASAR POR ESTO... TE AMO MUCHO... MI PEDACITO DE CIELO...

ALGÚN DÍA SERÁS ALGUIEN IMPORTANTE ME DIJO...

YO NO ESTUDIE... NO SE ESCRIBIR, PERO TÚ MI NIÑO VAS A ESTUDIAR COMO SEA... YA LO VERAS.... NO VUELVAS A SALIR ASÍ ME DIJO... CON LÁGRIMAS EN LOS OJOS...

NOS PUSIMOS A COMER Y LLEGO PAPÁ A PEDIR PERDÓN A MI MADRE.... Y ELLA LO PERDONÓ... COMO SI NADA HUBIERA PASADO.

COMIMOS Y LE ENTREGUE EL DINERO QUE JUNTE AL VENDER LAS FRUTAS...

ESE DÍA FUE PARA MÍ, QUIZÁS UNO DE LOS POCOS QUE PASAMOS EN COMPAÑÍA DE PAPÁ...

QUÉ BUENO, ESCUCHAR ESO... ¿Y TU PAPÁ DONDE TRABAJABA?... LE PREGUNTE...

¿ÉL TRABAJABA? SE PREGUNTABA EL MISMO...

SE REÍA... LO ÚNICO QUE RECUERDO DE MI PADRE ES QUE SALÍA EN LAS MADRUGADAS Y VOLVÍA CASI SIEMPRE A LAS 10 DE LA MAÑANA, BORRACHO...

 LA VIOLENCIA, ERA UN INTEGRANTE DE MI FAMILIA... YA QUE MI PADRE ERA ALCOHÓLICO... Y MI MADRE SOPORTABA TODO ESO...

Y MI TÍA... ME ACUERDO QUE LE DIJO

¿ANA POR QUE SIGUES CON ESE BORRACHO, SI NADA DE BUENO TE DA...?

MI MAMÁ LE DIJO POR MI HIJO NO LO DEJO...

DEJALO CON SU PADRE, QUE LO CRÍE ÉL...

AQUELLA VEZ PROMETÍ NO VOLVER A VER A MIS PRIMOS Y NI A MIS TÍOS...

VEÍA A MIS PRIMOS IR AL COLEGIO Y YO NO IBA... YA QUE NO ME AVÍAN MATRICULADO NI NADA...

UNA VEZ LE PREGUNTE A MI MAMÁ EL POR QUÉ NO IBA YO A LA ESCUELA, A LO QUE ELLA ME DIJO CON MUCHO CARIÑO Y TRISTEZA... QUE NO TENÍA EL DINERO PARA LA MATRICULA, LOS CUADERNOS, LIBROS Y OTRAS COSAS QUE PEDÍAN EN EL SALÓN DE CLASES...

LE DIJE: NO TE PREOCUPES MÁS MAMITA... VOY A TRAER DINERO PARA ASÍ PODER ESTUDIAR...

MI MADRE ME ABRAZABA... YA ERES TODO UN HOMBRECITO... ME DECÍA CON UNA SONRISA...

-EN LO POCO QUE ELLA ME DABA ME DEMOSTRABA QUE ME AMABA... ME COMENTO...

Y QUE PASÓ DESPUÉS.... DIJE...

EN LA MADRUGADA VOLVÍ A IR AL MERCADO PERO YA CON MI MADRE, PAPÁ LE DIO PERMISO Y NOS FUIMOS ESA MADRUGADA...

CAMINANDO, LLEGAMOS, YO EMPECÉ... A JUNTAR TODO TIPO DE FRUTA Y MI MADRE EN UNA ESQUINA, ARRIMADA SOBRE UN POSTE ME VEÍA, YO LE LLEVABA LAS FRUTAS, Y ELLA SE SENTÓ CUIDANDO EL SACO... Y EMPEZÓ A VENDER...

*COMO A LAS 10 DE LA MAÑANA VOLVIMOS A CASA...
LLEVANDO ALGUNAS COSAS QUE COMPRAMOS CON
EL DINERO DE LAS VENTAS...*

*MI MADRE DECÍA... GRACIAS A TUS IDEAS,
COMPRAMOS ALGUNAS COSAS... SI Y MAÑANA
VOLVERÉ A IR... LE DIJE...*

*ASÍ ÍBAMOS TODOS LOS DÍAS... HASTA EL DÍA DE LA
MUERTE DE MI MADRE...*

*PERDONA QUE TE PREGUNTE ESTO PERO ¿CÓMO
FALLECIÓ SU MAMÁ...? LE DIJE...*

MI MADRE MURIÓ CUANDO TENÍA 6 AÑOS...

*¡¡¡MI PADRE LA MATO...!!! YA QUE LA CELABA
MUCHO...*

*NUNCA AVÍA VISTO A MI PADRE... ACTUAR DE ESA
MANERA ANTE MI MADRE... YO ERA UN NIÑO
TÍMIDO O CHUNCHO COMO DECÍAN*

*MI PADRE LA MALTRATO TANTO QUE DE ESO MI
MADRE NO SE VOLVIÓ A LEVANTAR, YO SOLO
ATINABA A ESCUCHAR COMO LLORABA MI MADRE...
ELLA ME LLAMO DICIENDO... MANUELITO... NO
OLVIDES QUE TU MAMÁ TE QUIERE MUCHO... YO LE
DECÍA, NO LLORES MÁS MAMI... VÁMONOS... DE
AQUÍ, Y NO VOLVAMOS NUNCA MÁS...*

A LO QUE ELLA CON UNA DULCE VOZ ME DIJO... NO HIJITO... YO NO PUEDO... LO SIENTO, LAMENTO NO HABERTE DADO UNA MEJOR VIDA... SIEMPRE ESTARÁS EN MI CORAZÓN...

ESA NOCHE FUE LA ÚLTIMA VEZ QUE VI A MI MADRE...

AL DÍA SIGUIENTE AL LEVANTARME NO LA VI...

LA BUSQUE, EN CASA Y LA ENCONTRÉ EN SU CAMA...

COMO SI ESTUVIERA DURMIENDO... LA LLAME Y LLAME Y ELLA NO RESPONDÍA...

MI PADRE NO ESTABA...

ACARICIABA EL ROSTRO DE MI MADRE, LE LIMPIABA LAS LÁGRIMAS QUE TENÍA EN EL... MIENTRAS LE DECÍA TE QUIERO MAMI

NO SABÍA QUE HABÍA MUERTO... ERA SOLO UN NIÑO... COMENCÉ A SOSPECHAR QUE ALGO ESTABA MAL... POR QUE NO SE MOVÍA...

SALÍ A BUSCAR COMIDA... FUI A LA CASA DE MI TÍA QUE VIVÍA MUY CERCA... LE DIJE QUE MI MAMÁ NO SE LEVANTABA....

 SIEMPRE HA SIDO ASÍ TU MADRE, UNA OCIOSA... ME DIJO

YA VETE A TU CASA QUE NO TE QUIERO VER AQUÍ... ME DIJO

CUANDO VOVIÓ MI PADRE, BORRACHO... SALIÓ DE CASA CORRIENDO... Y GRITANDO... QUE SU MUJER ESTABA MUERTA...

-NADIE ESCUCHABA LOS GOLPES QUE LE DABA TU PADRE A TU MADRE... LE INTERRUMPÍ...

NO, ME DIJO

 YA QUE NO TENÍAMOS MUCHOS VECINOS Y LOS POCOS QUE AVÍAN VIVÍAN CASI 100 METROS ALREDEDOR... YA QUE ESO ERAN TERRENOS GRANDES...

AHÍ COMPRENDÍ EL POR QUÉ MI MADRE NO SE MOVÍA... LOS VECINOS VINIERON HABER... YA QUE MI PADRE SE FUE GRITANDO...

PRIMERO VINO MI TÍA... MI MADRE ESTABA LLENA DE MORETONES... POSTRADA EN SU CAMA...

LA POLICÍA NO FUE, YA QUE NADIE DENUNCIO NADA... MI TÍA QUITO LA ROPA... QUE LLEVABA MI MADRE... Y LE PUSO NUEVA ROPA... Y LE PINTO LA CARA PARA QUE NO SE NOTEN LOS MORADOS, QUE TENÍA...

MI TÍA ME PREGUNTO... CUANDO PASO ESTO... LE DIJE HOY, YA QUE AYER ESTÁBAMOS BIEN.

 PERO MI PAPÁ AYER GOLPEO A MI MAMÁ... AYER MI MAMÁ LLORABA DE DOLOR LE DIJE...

MI TÍA SE MOLESTÓ... Y ME DIJO ¡¡¡NI TE VAYAS A MI CASA OÍSTE...!!! ELLA ERA HERMANA DE MI PADRE.

ESE DÍA MI PADRE SE FUE...Y ESE ERA EL ÚLTIMO DÍA QUE LO VI...

ME SENTÍ SOLO... EN ESE MOMENTO... YA QUE NI MI TÍA ME QUERÍA... DESDE LOS 6 AÑOS...

PARRAFO: III

NO FUE FÁCIL PARA MÍ, YA QUE DESDE AHÍ, ME FUI A LA CALLE...

SIN UN TECHO, SIN UNA MAMÁ QUE ME PROTEJA, SIN FAMILIA Y LO PEOR. SIN PADRE.

LLEGUE A ODIARLO... YA QUE POR SU CULPA MI MADRE MURIÓ...

VIVÍ EN EL MERCADO, DORMÍA EN LAS MESAS... ME AVÍA CONVERTIDO... EN UN "PIRAÑITA"...

PERO NO ROBABA A NADIE, YO ME DEDICABA A JUNTAR FRUTAS Y OTRAS COSAS MÁS...

YA QUE SABÍA CÓMO HACERLO... ME COMENCÉ... A VER DIFERENTE...

ASÍ CRECÍ... HASTA LOS 15 AÑOS... NUNCA ROBE YA QUE COMO JUNTABA COSAS EN LA CALLE LOS VENDÍA... Y JUNTABA MI PLATA...

EN UNA BOLSITA...

CONOCÍ A MUCHOS CHICOS Y CHICAS... TAMBIÉN "PIRAÑITAS"

QUE VIVIAN LAS MISMAS CONDICIONES QUE YO...

ELLOS SE FUMABAN UNOS TRONCHITOS Y ME FUI ALEJANDO DE ELLOS MIENTRAS CRECÍA...

NO APRENDÍ A ESCRIBIR TAMPOCO... A LEER... SOLO SÉ QUE ME LLAMO MANUEL... ME DIJO TRISTE...

Y NUNCA SE ENAMORÓ... LE COMENTE.

SE PUSO A REÍR DICIENDO; SI... PERO NO FUI CORRESPONDIDO...

LA VIDA ME TRATO MUY BIEN... PERO LA GENTE ME DESPRECIO SIEMPRE... HASTA EL DÍA DE HOY...

COMO VERAS ESTA ES MI VIDA...DIJO TRISTE...

Y QUE MAS TE PASO.

AH... A MIS 17 AÑOS...

SALÍ DE MI TIERRA... CON LA ESPERANZA DE PROGRESAR...

ME INSCRIBÍ, CON UN SEÑOR QUE BUSCABA GENTE PARA TRABAJAR... EN CAJAMARCA, EN LA COSECHA DE ARROZ... ASÍ QUE ME FUI CON EL...

NOS FUIMOS ENTRE 5 PERSONAS MÁS QUE YO... EN TOTAL ÉRAMOS... 6 PERSONAS...

NOS FUIMOS EN UNA CAMIONETA... Y DESDE AHÍ NUNCA MÁS VOLVÍ A MI TIERRA...

LLEGAMOS A LA PARCELA... Y SE ME HACÍA... COMPLICADO SOCIALIZAR...

NOS DIERON DE COMER Y DORMIMOS EN EL ESTABLO...

ÉRAMOS UNOS SIMPLES PEONES. NOS DORMIMOS... PERO EN LA MADRUGADA... NOS LEVANTARON, NO TANTO ME ACERCABA... A LOS DEMÁS, YA QUE ELLOS ERAN DIFERENTE A MÍ.

TRABAJE MUCHO... TODOS LOS DÍAS...

SENTÍA QUE MI MADRE ME CUIDABA... DESDE EL CIELO...

EL POCO DINERO QUE ME PAGABAN LO JUNTABA... EN UN RINCONCITO DE ESE ALMACÉN HICE UN AGUJERITO, AHÍ GUARDABA EL DINERO SIN QUE NADIE SE DIERA CUENTA.

CUANDO TERMINABA LA COSECHA... NOS PONÍAN A SEMBRAR... LOS GRANOS PARA LA PRÓXIMA

COSECHA... Y NOS DABAN DE COMER TARDE.
TRABAJÁBAMOS BAJO EL ASOLADOR CALOR QUE
NOS ASECHABA....

PARRAFO: IV

EL DÍA QUE DECIDÍ SALIRME DE ESE TIPO DE
TRABAJO SALÍ AGRADECIDO AL DUEÑO DE LA
PARCELA POR A VERME BRINDADO LA AYUDA POR
UN PERIODO... MÁS O MENOS 2 AÑOS...

SALÍ DE ESE PUEBLO CONTENTO LLEVABA CONMIGO,
UNA MOCHILA, DONDE TENÍA UN PAR DE ROPA Y
NADA MÁS, NO TENÍA DOCUMENTOS DE
IDENTIDAD... SOLO UNAS GANAS DE TRIUNFAR....

LLEGUE A TRUJILLO, SIN CONOCER A NADIE... SIN
AMIGOS, Y SIN AMOR... JAJAJAJAJJ SE REÍA...

A LO QUE YO LE DIJE, SU HISTORIA ES UNA
AVENTURA... SIN FIN...

NO CREA, SIN DOCUMENTOS, NADIE ME DABA
TRABAJO... EMPECÉ A GASTAR MI DINERO...

EN LAS NOCHES ME SENTÍA TRISTE...

ME IBA AL MERCADO Y AHÍ VOLVÍ A TRABAJAR DE
CARGADOR...

Y REALIZABA MANDADOS... Y ME FUI ASIENDO
CONOCIDO EN ESE LUGAR...

EN EL PUERTO DESCARGABA MERCADERÍA DE LOS BARCOS...

¿USTED SOLO? LE PREGUNTE.

CARO QUE NO. ME DIJO

FUERA DE MI AVÍA MUCHAS PERSONAS DEDICADAS A ESE OFICIO...

ALQUILE UN CUARTITO POR ESAS CALLES PARA PODER VIVIR SIN PELIGRO... EMPECÉ A COMPRAR MIS COSAS, DE A POCO...

COMO ERA JOVEN. CONOCÍ A MECHE, LINDA MUJER, NOS ENAMORAMOS, NO SABÍA NADA DE ESAS COSAS ERA MUY CONSERVADOR...

ELLA NO SABÍA NADA DE MI HISTORIA...

Y TEMÍA QUE SI LE DECÍA NO ME ENTENDERÍA, UN DÍA MECHE COMO YO LE DECÍA... ME DIO UN REGALO... ESE ERA LA PRIMERA VEZ QUE ALGUIEN ME DABA ALGO DE CORAZÓN...

TODOS LOS DÍAS TRABAJABA DURO PARA COMPRARLE UN COLLAR QUE ELLA ME HIZO VER EN UN LIBRO...

LLEGUE A COMPRARLE, QUIZÁS NO ESE MISMO COLLAR... PERO ERA UNO PARECIDO.... ÉRAMOS ALGO COMO SALIENTE.

ME PRESENTO A SU MADRE QUE TENÍA SU PUESTO... EN EL MERCADO, A LA SEÑORA NO LE GUSTO QUE NO TENGA TRABAJO FIJO... YA QUE ELLA QUERÍA LO MEJOR PARA SU HIJA.

ME FUI TRISTE NUNCA TUVE SEXO CON ELLA, CADA DÍA ME SENTÍA MÁS SOLO Y TRISTE... EMPECÉ A DARME CUENTA QUE ESE ERA MI DESTINO.

ESA SEMANA NO LA VOLVÍ A VER, PERO SEGUÍA TRABAJANDO, LA SIGUIENTE SEMANA... LA VI Y LA ME DIJO ¡¡¡VAMOS A TU CASA...!!!

LE DIJE, NO TENGO CASA.

¿Y DÓNDE VIVES? ME DIJO

EN UN CUARTO QUE ALQUILE DIJE.

QUE SI... ME DIJO.

SI, LE RESPONDÍ.

VAMOS, PARA CONOCER DONDE VIVES, ME DIJO.

 YA, LE RESPONDÍ.

Y NOS FUIMOS,

Y QUE PASO DESPUES LE DIJE...

ANTES DE LLEGAR ELLA ESTABA ANCIOSA, UNA VEZ ALL SE DESILUSIONÓ, YA QUE SOLO TENIA UN COLCHÓN Y ALGUNAS OTRAS COSITAS...

ELLA SALÍO Y ME DIJO QUE NO QUERÍA NADA CONMIGO...

YA QUE NO TENÍA FUTURO, Y SE FUE...

SALÍ DE AQUEL LUGAR...DESESPERADO... FUE MI PRIMER Y ÚNICO AMORÍO... DE AHÍ EN ADELANTE NUNCA MÁS ESTUVE CON ALGUIEN. DECIDÍ QUEDARME SOLO DESDE AHÍ.

ERA ALGUIEN INCOMPRENDIDO, YA QUE CASI TODOS ME MIRABAN COMO SI FUERA ALGO RARO...

¿Y QUE PASO CON MECHE, NO LA VOLVISTE A VER...?

SI LA VI, PERO NO ME ACERQUE... AL CONTRARIO, ME ALEJE...

COJÍ MI MOCHILA Y COMENCÉ MI TRAYECTO, OTRA VEZ.

CAMINE, MUCHO HASTA LLEGAR A CHIMBOTE, CLARO IBA... ASIENDO PARADAS, PARA COMER, DARME UN BAÑO... Y DORMIR.

UNA VEZ EN CHIMBOTE TRABAJE EN LO QUE YA SABÍA.... YA QUE NO ENCONTRABA ALGO MEJOR.

TRABAJE DURO OTRA VEZ... GRACIAS A DIÓS NO CONSUMÍ NINGÚN TIPO DE DROGAS... QUIZÁS MI ÚNICO DELITO ERA NO TENER DOCUMENTOS...

¿Y COMO TE MOVÍAS SIN DOCUMENTOS...? LE DIJE

A LO QUE ME RESPONDÍO. ¡¡¡CAMINANDO...!!!

¿ALGUNA VEZ TE METISTE EN PROBLEMAS...? LE DIJE

SI, UN DÍA TUVIMOS UNA PELEA EN EL PUERTO... Y NOS LLEVÓ LA POLICÍA... ME PREGUNTARON QUE ASÍA AHÍ...

RESPONDÍ, TRABAJANDO PARA PODER SOBREVIVIR...

LOS POLICÍAS SE BURLARON DE MI, CUANDO LES DIJE QUE NO TENÍA DOCUMENTOS... ME DECÍAN. ¿ESCRIBE TU NOMBRE?

NO SE ESCRIBIR NI LEER LE DIJE Y SE REÍAN...

ME PUSIERON EN UN CALABOZO... OSCURO...ESTUVE COMO UNA SEMANA AHÍ.

ME ECHABAN AGUA EN LA MADRUGADA Y ME GOLPEABAN... PENSABA EN MI MADRE CUANDO ME DABAN A PALOS.

CUANDO ME IBAN A SOLTAR, ME DIJERON NADIE VIENE A BUSCARTE... ¿PORQUE? LES DIJE QUE NO TENÍA FAMILIA YA QUE MI MADRE MURÍO CUANDO TENIA 6 AÑOS Y MI PADRE SE FUE, SIN DECIRME NADA.

DESDE ESE DÍA ESTOY SOLO, NO ESTUDIE, NI NADA, NO SÉ NI EL ALFABETO... AHÍ LES CAMBIO LA CARA CUANDO LES DIJE ESO.

SOY JOVEN SOY DE CHICLAYO, EH CAMINADO VARIOS PUEBLOS, CONOCIENDO, A LAS PERSONAS...

ME LIBERARON DICIENDO... ANDA, NO TE METAS EN MÁS PROBLEMAS... GRACIAS LES DIJE... SALÍ SIN NADA... NI UN CÉNTIMO EN EL BOLCILLO... MIS SANDALIAS YA DESGASTADAS DE TANTO CAMINAR, SE HIZO UN AGUJERO EN EL CENTRO DE MI TALÓN...

PARRAFO: V

TENÍA UNA SOLA MISIÓN, SEGUIR ADELANTE.... PREGUNTE A OTRA PERSONA...Y ME DIJO QUE ERA "HUARMEY"

SINCERAMENTE, NO CONOCÍA ESE PUEBLO... COMENCÉ DESDE CERO OTRA VEZ... AUNQUE, YA ESTABA ACOSTUMBRADO... ASÍ SE ME FUE PASANDO EL TIEMPO...

LE PREGUNTE. ¿SIEMPRE VIVISTE ASÍ?

A LO QUE ME DIJO SI...

LLEGUE A LIMA DESPÚES DE PAGAR A UN BUS INTER PROVINCIAL... CUANDO TENÍA 30 AÑOS... EMOCIONADO... VINE, BUSQUE TRABAJO Y NO CONSEGÍA NADA YA QUE NO TENÍA NADA ASÍ TERMINE DURMIENDO. EN UN MERCADO... OTRA

VEZ... Y SI, ESE A SIDO MI VIDA ME BOTABAN DE UN LUGAR A OTRO.

VAGUE POR MUCHOS DÍAS, YA QUE NO ENCONTRABA DONDE QUEDARME... ASÍ ME EMPECÉ A OLVIDAR DE VIVIR, SOLO PENSABA EN BUSCAR COMIDA... EN LAS NOCHES FRÍAS QUE ASE AQUÍ EN LIMA. ME CUBRÍA CON CARTONES.

COMPRABA UNAS COLCHAS... PARA CUBRIRME... Y ASÍ PARABA EN LOS MERCADOS COMO CARGUERITO... COMPRABA MIS ZAPATOS, MI ROPA.

ME BAÑABA EN LOS BAÑOS PÚBLICOS...

SÍEMPRE ME SENTÍ IDENTIFICADO CON LAS MESAS O LOS BANCOS DE LOS PARQUES.... DONDE DORMÍA...

¿Y NO TENÍAS AMIGOS? LE PREGUNTE

SI, PERO TODOS ERAN DE LA CALLE... DIJO.

UNA QUE OTRA PERSONA ME DABA UN PLATO DE COMIDA O ALGUNA FRUTA....

EN EL MERCADO CENTRAL ME CONOCÍAN... Y HASTA DE VIGILANTE ESTUVE AHÍ... POR UN TIEMPO.

CONOCÍ A OTRAS MUJERES PERO SOLO ERAN AMIGAS, ME MOLESTABAN. SE ACERCABAN... SOLO PARA BURLARSE DE LO QUE ERA YO... TODOS LOS DÍAS LE PIDO A MI MADRE QUE ME LLEVE CON

ELLA... YA QUE LAMENTABA... EL VIVIR DE ESA MANERA...

POR MÁS QUE ME ESFORZARA, VOLVÍA AL COMIENZO... A ESCUCHAR LOS INSULTOS TANTO DE HOMBRES COMO DE MUJERES....SOLO SONREÍA, AUNQUE EN EL FONDO ME SENTÍA MUY MAL... EN ESA OPORTUNIDAD, QUISE QUITARME LA VIDA.

PERO NO TUBÉ EL VALOR SUFICIENTE PARA ESO.

ME DECÍAN TAL VEZ ERES "MARICÓN"... YA QUE NO TENÍA MUJER TODOS LOS DÍAS ERAN ESOS INSULTOS SIN CONOCER MI PASADO...

ME LLAMABAN, MANUEL... ¡¡¡CÓMO VAS CON LA MANUELA...!!!

YA QUE SOLO ERA PARTE DE UNA BURLA, ME SENTÍA RECHAZADO...

PERO NADA ES PARA SIEMPRE Y ESO SE TERMINÓ... CUANDO CAMBIO LA DIRECTIVA.

ME SACARON Y VOLVÍ A LAS CALLES OTRA VEZ... MIS COSAS SE FUERON QUEDANDO EN EL CAMINO, YA QUE NO PODÍA CARGAR TODAS ELLAS.

NO TENÍA A NADIE CON QUIEN HABLAR... SOLÓ EN UN BANCO DEL PARQUE. EN LAS NOCHES FRÍAS, SIENTO LA BRISA DEL VIENTO ACARICIAR MI CARA... Y ME PONGO A LLORAR.

RECORDANDO TODO LO QUE A PASADO EN MI VIDA...

LOS PRIMEROS DÍAS EN EL PARQUE, EL SERENAZGO ME BOTABA... PERO DESPUÉS ME DEJABAN QUEDARME... ASÍ LLEGUE A ESTE PUENTE... LIMPIE ESTA ZONA Y FORME COMO UN ACAMPADO... ME ACOMODE... ASÍ QUE ME SENTÍ COMO EN UN HOGAR.

TRAYENDO COSAS QUE OTROS BOTAN, FUI CONSTRUYENDO ESTO.

LE DIJE ¿TE SIENTES BIEN VIVIENDO AQUÍ...?

NO, PERO ES LO QUE PUEDO CONSEGUIRME. HOY YA NO TENGO FUERZAS PARA SEGUIR LUCHANDO A PESAR DE LAS ADVERSIDADES.

ES MUY TRISTE TU HISTORIA Y A LA VEZ CONMOVEDORA... LE DIJE

¿EXTRAÑAS A TU MADRE? PREGUNTE.

MUCHÍSIMO ME RESPONDIÓ.

QUE LE DIRÍAS A TU MAMÁ SI LA VOLVIERAS A VER...

QUE LA AMO, LE DIRÍA QUE ES MI INSPIRACIÓN, ELLA SIEMPRE QUE PUDO ESTUVO CONMIGO Y CREO QUE HASTA AHORA... YA QUE TENGO 60 AÑOS VIVIENDO SIN ELLA.

CREO QUE ELLA ES MI ÁNGEL, QUE ME GUÍA EN ESTE MUNDO.

GRACIAS A ELLA NO ME PERDÍ EN ESTE LUGAR.

EN FIN TENGO MUCHAS COSAS PARA DECIR DE MI MADRE...

¿Y TUS FAMILIARES? LE RECALQUÉ.

NO SÉ NADA DE MIS TÍOS, AUNQUE YA CREO QUE SE MURIERON...

LA ÚLTIMA VEZ QUE VI A MI TÍA FUE EN EL FUNERAL DE MI MADRE.

ESTAMOS HABLANDO MUCHOS AÑOS...

MIS PRIMOS ME IMAGINO QUE TENDRÁN LA MISMA EDAD QUE YO.

TAL VEZ MÁS O MENOS, PORQUE TENGO 66 AÑOS, DE REPENTE YA SE MURIERON TAMBIÉN, DIJO RIÉNDOSE...

QUIZÁS ESTA PREGUNTA TE INCOMODE UN POCO LE DIJE, PERO Y QUE PIENSAS DE TU PADRE.

MI PADRE, A VECES QUISIERA SABER LA RAZÓN POR LA QUE SIEMPRE TRATABA MAL A MI MADRE...

CUÁL ERA LA CAUSA, POR QUE VIVÍA BORRACHO.

SI ÉL NO QUERÍA A MI MADRE, PORQUE NO SE FUE DE AHÍ, QUIZÁS DISTINTO HUBIERA SIDO MI INFANCIA Y MI VIDA.

ASÍ QUE A PESAR DE TODO EL RENCOR QUE LE TENGO, NUNCA NÚNCA PENSÉ MAL DE ÉL.

¿ÓSEA UNA VEZ, QUE LLEGASTE A ESTE LUGAR NO SALISTE DE AQUÍ? LE DIJE

ESTE ES EL ÚNICO LUGAR QUE NO ME VOTAN.

AQUÍ ME SIENTO TRANQUILO... YA EN MI VEJES, AQUÍ PUEDO DESCANSAR SIN MOLESTAR A NADIE....

ES MÁS, AHORA VIVO PIDIENDO CARIDAD,

YA QUE A MI EDAD, ¿DÓNDE CONSEGUIRÍA TRABAJO? DIJO

SABES ALGO, SINCERAMENTE ERES UN VERDADERO GUERRERO.

LUCHASTE TODA TU VIDA, VIVISTE EN LA CALLE Y AUN ASÍ TIENES UN CORAZÓN QUE VALE ORO.

DESDE LOS 50 AÑOS VIVO AQUÍ... EXTRAÑO TRABAJAR, GANARME LA VIDA HONRADAMENTE.

ESTOY SEGURO QUE TU MAMÁ ESTARÍA ORGULLOSA DE TENER UN HIJO ASÍ DE FUERTE COMO TÚ... LE DIJE

SEGURO DIJO CON SU SONRISA...

TIENES UNA VISTA EXTRAORDINARIO AQUÍ LE DIJE

SONRIENDO, DIJO ESA ES MI DISTRACCIÓN DESDE SIEMPRE.

NUNCA SUPE QUE ES UNA TELEVISIÓN, UN VIDEO JUEGO Y COSAS ASÍ.

SIEMPRE VEÍA A OTROS CON SUS REGALOS... LAS NAVIDADES PARA MÍ ES COMO UN DIA CUALQUIERA...

¿Y USTED SABE DÓNDE ESTA SEPULTADA SU MAMÁ? PREGUNTE

NO ME ACUERDO... DIJO...

EL CEMENTERIO, SI CONOZCO. PERO DONDE SE ENCUENTRA NO ES QUE YA PASÓ MUCHOS AÑOS Y POSIBLEMENTE YA NI EXISTA.

¿NO TE SIENTES MAL CON EL RUIDO DE LOS CARROS QUE TRANSITAN POR AQUÍ? DIJE

YA ESTOY ACOSTUMBRADO... A ESE TIPO DE RUIDO... LO ESCUCHO A DIARIO Y YA ES PARTE DE MI VIDA.

CUANDO ME ACCIDENTE, NO TENÍA AYUDA DE NADA...

AL IGUAL CUANDO ME ENFERMO... SOLITO ME AGUANTO...

ES MUY DIFÍCIL, TENGO MUCHOS DOLORES...

Y AUN ASÍ TENGO QUE SALIR A BUSCAR COMIDA...

MUCHOS ME MIRAN CON DESPRECIO... COMO SI FUERA UNA BASURA... AQUÍ PASO MIS PENAS, MI DOLOR Y MI TRISTEZA.

NO SE SIENTA MAL, LE DIJE.

YA QUE HAY MUCHOS QUE A SU EDAD... YA MURIERON Y USTED SIGUE FUERTE COMO UN ROBLE...

CAMINA SIN AYUDA, A PESAR DE LA CIRCUNSTANCIAS.

TIENES AÚN MUCHO POR DAR VOY A BUSCARTE MÁS AYUDA...

ASÍ QUE ESTATE TRANQUILO, DIJE

MOVIENDO LA CABEZA DIJO QUE SI...

LA HISTORIA DE ESTE GRAN HOMBRE, VISTO DESDE LO MÁS HUMILDE QUE LE TOCO VIVIR, TENER QUE ENFRENTAR LA VIDA SIN PADRES DESDE MUY PEQUEÑO, Y A PESAR DE LAS ADVERSIDADES, SEGUIR LUCHANDO, MIS RESPETOS PARA USTED, DIJE

 RARA VEZ VENGO POR ESTE LUGAR, LE DIJE

PERO ME CONMUEVE SU CASO. MIRE DON MANUEL. ¿USTED SEGUIRÁ VIVIENDO AQUÍ NO?

SI NO ME VIENEN A VOTAR. SI DIJO RIENDO.

VOY A TRAERLE OTRAS COSAS LA SEMANA QUE
VIENE LE DIJE...

¿USTED NO TOMA VERDAD? LE DIJE

NO, RESPONDIÓ ENSEGUIDA.

ESTÁ BIEN, LE DIJE

 COMO LE DIJE, EL FIN DE SEMANA VOLVERÉ...

TRAERÉ MÁS ALIMENTOS....

LE DEJE UN DINERO PARA SU COMIDA, ME DESPEDÍ
Y ME FUI DEL LUGAR...

CON LA SATISFACCIÓN DE HABERLO AYUDADO, EN
ALGO LO QUE PUDE...

ME PONÍA A PENSAR, CUANTO HABRÁ SUFRIDO ESTE
POBRE HOMBRE... HASTA ESTE DÍA.

 VIVIR TODA SU VIDA SUFRIDO, RECHAZADO Y
TANTAS OTRAS COSAS MÁS...

PASÓ UN PAR DE DÍAS Y VOLVÍ A BUSCARLO Y NO LO
ENCONTRÉ.

YA QUE EN ESOS MOMENTOS EMPEZÓ UNA
CUARENTENA, OBLIGATORIO. POR EL MOTIVO DE
UN VIRUS QUE SE INICIÓ EN CHINA.

NADIE PODÍA SALIR A LAS CALLES Y A LOS QUE LES ENCONTRABAN INDIGENTE, SE LOS LLEVABAN A UNOS ALBERGUES.

POR MÁS QUE LO BUSQUE, O LO ENCONTRÉ...

ME PARECIÓ QUE LO LLEVARON A UN ALBERGUE...

DESPUÉS DE TODO EL CONFINAMIENTO YA NO VOLVÍ A SABER MÁS DE ÉL...

SOLO ESPERABA QUE ESTUVIERA BIEN, Y YA NO PUDE HACER NADA MÁS

9 798598 021255